KB020606

업무일지

실천문학시인선 027

업무일지

2019년 6월 30일 1판 1쇄 인쇄
2019년 6월 30일 1판 1쇄 펴냄

지은이 옥빈
펴낸이 윤한룡
편집 신한선
디자인 윤려하
관리·영업 한해인

펴낸곳 (주)실천문학
등록 10-1221호(1995.10.26)
주소 서울특별시 중랑구 상봉로 110, 1102호
전화 322-2161~5
팩스 322-2166
홈페이지 www.silcheon.com

ISBN 978-89-392-3036-1 03810

이 사업은 대전광역시, (재)대전문화재단에서 사업비 일부를 지원 받았습니다.

실천문학 시인선 027

업무일지

옥빈 시집

실천문학사

제1부

제2부

제3부

제4부

제1부

출근

출근

오늘도 아침은 서둘러 오네
기상알람은 어젯밤과 오늘아침 사이의 경계선
언제나 전쟁을 부추기네

출근의 여러 절차 중
아침밥을 생략하는 날 많아지네

신이 인간에게 준 최대의 선물이
일이라는 말 들은 적 있네
일이 없다는 것은 두려움이지

다녀올게, 다녀와, 서로 주고받는 말은
'무사히'를 동반하고 있지

아침이 서둘러 오는 것은
최대의 선물 때문이네

문서파쇄기통을 비우며

언어들이 피를 흘리고 있다 하얗고 검고 파란 기밀들이 신음하고 있다 잘린 선, 나열된 숫자, 문장을 잃어버린 동사, 동사를 찾고 있는 부사, 꼭꼭 숨어 있는 주어와 목적어, 얼마나 비밀스러운 기록이었기에 이토록 잔인했을까 말을 잇지 못하는 단어들이 잠깐씩 고개를 내민다 흠칫 놀란 정보들이 숨을 곳을 찾고 있다

빈 통에서 잠시 회오리가 인다 대부분의 비밀스러움은 아프고 부끄럽다

아침회의

어제 주문한 오늘이 택배로 도착해
오늘과 가까운 내일을 그리는 필기 시간

반장님의 진지한 설명과 고백은
안전을 위한 기도문

팀장님의 "후공정은 고객이다"를 생각해보는
커피가 쓴 시간

생산성 향상에 대하여

우린 영혼을 버렸어요 일의 노예가 되려고요 아니 로봇이 되려고 했죠 자주 고장이 나더군요 웬만하면 아스피린으로 대처했어요

어디서나 돈이 문제였죠

공단지역 대부분의 불빛들은 하얀 눈을 치켜떴고, 우리는 빨간 눈을 부릅떴지요 양식을 제외한 대부분의 생산량은 동생들의 학비로 바쳐졌어요

기쁜 일이었는데, 생각하니 눈물이 나네요

짝사랑이 유행이었죠 사랑은 늘 위험했거든요 아니, 모든 것이 부족했죠 그러니 엄두가 나지 않았어요 달빛은 공장 굴뚝 안으로 쏟아져 내렸고요

'별이 빛나는 밤'을 참 많이도 사랑했죠

최선을 다했는데 최선을 다하라더군요 생산성 향상은 논리적으로도 맞지 않았어요 그걸 우리가 알았겠어요 눈물은

생산성이 참 좋아 마를 날이 없었죠

  용기는 너무나 위험했어요 그때는

견적서를 보내며

무궁한발전주식회사 꼼꼼이 과장님께

맑고 따듯한 봄날 귀사가 요구한 기계설비에 대해 발주 후 알맞은 기간 내에 적절히 이윤을 추구한 금액으로 견적서를 보냅니다

기계장비는 성능과 경제성이 우수한 제품으로 선정했으며 귀사의 생산라인에 든든한 버팀목으로 자리 잡을 수 있도록 사후관리에 최선을 다하겠습니다

장비는 물론 부대설비에 대한 설치 및 시운전 비용은 베테랑으로 구성된 최소의 인원으로 견적했기에 이점 참고해 주시기 바랍니다

저희 견적가가 높거나 낮더라도 제품의 성능과 품질에 대해 충분히 비교 검토하시기를 간곡히 부탁드리며 관련한 카탈로그와 자료를 보내드립니다

궁금한 점이 있으면 연락 바라며 귀사에 최선을 다할 수 있는 기회를 기다리겠습니다

폭염주의보

[행정안전부]
논밭, 건설현장 야외작업 자제
충분한 물 마시기

그랬으면 좋겠어요

조폭 같은 폭염에 난타당하고 있어요 어퍼컷과 훅이 매섭네요

땀에 전 마른 작업복에서 오징어 냄새가 나요
머리카락을 산소불로 지지면 명태 껍질 굽는 냄새가 나죠
시원한 맥주 한 잔이 간절하네요

사우나에서 하는 일은 위험해요 감전될 수 있거든요

물은 충분히 마셨어요 익숙한 바람이 낯설게 부는데, 더위 먹은 작업량이 출렁거리네요

야외적재장에는 아지랑이가 낭자해요 신기루가 보이기 시작하네요 정신 바짝 차려야 해요

기계점검

우선은 안전을 위해 자동스위치의 부분 마취로 기계를 멈춘다

입력접점을 이용해 기판의 회로 일부를 우회해 안정된 상태를 유지한 다음 바뀐 체질에 따라 프로그램 일부를 수정해 오작동의 범위를 진단한다

그동안 그가 보여준 불안정한 작동은 과로와 수면 부족이다 감지센서를 교환하고 타이머회로를 추가한다

과음과 과식으로 인한 스트레스에 윤활유를 주입한 뒤 고혈압과 고지혈증을 경고한다

식사조절로 220V의 고른 전압과 60hz의 주파수를 주문하고 몇 가지의 소모품을 처방한다

잔소리가 많아지고 틈새가 생긴다 눈물도 많아진다 좀 더

버텨보자고 다시 스패너를 잡는다

공空친 날

추적추적 내리는 비가 공사를 멈추게 한다 낮술은 기약 없는 다짐을 하고, 순대국밥집 창밖 오줌발처럼 내리는 빗줄기는 오십대 중반을 넘어서고 있다

부아가 나고 심술이 난다 TV 속 공기업 입사비리는 권력이나 돈이 저지른다고 꿈은 공평하게 꾸어지는 게 아니라고 한다

낮술은 아무나 먹는 게 아니라고 낮술만으로도 행복할 수 있다던 순댓국 속 머리고기와 허파 내장이 숨을 죽이고 있다

순대 국밥집 새우젓처럼 짭짜름한 오후, 낮술은 유치한 건배사에 멋진 의미를 부여할 뿐이다 일당 두 배를 날리고 취한 마음을 추스르는 귀갓길, 잦아든 빗줄기가 포플러나무로 흔들리고 있다

사무실 어항에는

사무실 어항에는 고객관리 잘하는 금붕어 둘이 근무하고 있는데, 먹이를 벌겠다는 생산부 직원과 사장은 출장이 잦다

먹이를 일급으로 받는 금붕어의 담당업무는 손님과 눈을 맞추고 대화하는 일로 나름대로는 부지런하다 그래서인지 보너스도 자주 받는다

최근 사장은 사무실 근무여건 개선에 적극 나서고 있다. 소라로 휴게실을 만든 뒤 바닥에 흰 자갈을 깔고 야자수를 심었다 청정한 공기를 위해 순환펌프도 설치하고 있다 겨울철에는 난방시설도 할 참이다

금붕어 둘이 입사한 후부터 사장은 직원이 늘었다며 오종종 바쁘다

배관공사

자르고 맞추고 연결하며
기다림의 종착역을 만드는 일

종착역에서 만나는 이들
복잡한 마음을 헤아리는 일

소나기

한바탕 통곡이 지나간 정오, 들풀이 간신히 몸을 가누고 있다

나는 통곡을 해 본 적이 없지만 통곡하는 그를 본적 있다 그의 짧은 몸짓은 위태로워 보였고, 긴 눈물은 오래 머물 것처럼 보였다

그가 밤새 흘린 말들이 풀잎에 매달린 이슬처럼 불안했다

상처 아물 듯 일터로 돌아온 그가 젖어 있다 풀잎이 구르는 물방울에 자꾸 밑줄을 그었다

한바탕 잡념이 지나가는 정오, 매미 소리가 요란하다

오버홀*

그때가 칠월이었던가 매미가 기승부리던 날이었다 수술실 외과 의사처럼 연장을 잡은 적이 있었다
스패너, 드라이버, 동망치 등으로 너의 심장을 열었다
닳아버린 마음과 무관심의 간격을 좁히며 베어링과 오일-실 등 몇 가지의 소모품을 교환하며 말했다 다시 만날 때까지 무사하자고

그런 여름을 몇 번 보내고 올해 이월, 그동안 무사했던 너의 노동에 뭉클한 박수를 보내며 다시 연장을 풀었다
너의 심장을 처음 본 지가 엊그제 같았다 마음이 짠했다
재조립된 너를 동력 축에 연결했다 리셋된 심장이 뛰기 시작했다

손을 씻으며 거울을 바라본다 나는 소모되고 있는 걸까

---

* 오버홀(overhaul) : 기계나 엔진의 경우 일정한 사용 시간이 지난 후 전체를 분해해 마모 또는 파손된 부품, 그리고 정기적 소모품을 교환하거나 불량 부분을 수정하고 재조립해 원래의 상태로 돌리는 것

늙어가고 있는 걸까 아침마다 리셋되는 무사한 노동을 기록하고 싶다

이 겨울이 몇 번 지나간 뒤에도 연장을 사이에 두고 너와 마주할 수 있을까

눈사람 발주사양서

밤새 눈이 소복하게 내린 날 점심때 사무실 앞 왼쪽에 눈사람 하나를 설치합니다

몸통은 한 아름, 머리는 생각의 크기로 하며 목은 짧아도 좋지만 눈, 코, 입은 꼭 있어야 합니다

손과 발은 없어도 되지만 있는 듯 바라보일 수 있어야 합니다

눈과 입에는 엷은 미소를 그려 햇살이 미안하고 부끄럽지 않게 해야 합니다

코는 빨간 방울 모양으로 장식해도 무방하나 온도의 냄새를 맡았으면 합니다

입에 솔방울이 달린 나뭇가지를 꽂는 등 담배를 연상시키는 장식은 하지 않습니다

눈사람은 어린이와 아빠가 만들며 솜사탕이나 초콜릿 또는 군밤이나 군고구마로 결제가 됩니다

노하우

지하 기계실 입구로
교체할 기계가 반입되지 않는다
나비 한 마리가 기계보다 앞서 날아든다

기계를 눕혀야 반입될 수 있다
기계 내부 장치들의 체결부위를 점검한다
잘못 들어온 나비는 대책이 있을까

결정을 내려야 할 때마다
최종적인 판단은 늘 내 몫이다
한쪽 중앙에 고리를 달고 체인블록을 건다
책임은 나비가 질 것이다

조심이 기계와 함께 눕고 선다

사전 점검에서 놓친 일이
만만치 않은 하루를 만든다

오늘의 긴 노동이 퇴적물로 쌓여
일머리의 자양분을 만든다

공장 담벼락에는 철쭉꽃이 한창이다

도장塗裝

성질을 잘 알고 선택해야 해
칠이 일어나면
부스럼처럼 감당하기 힘들어

깨끗하게 해야 해
안착하는 일이 쉽지 않아
아주 오래 머물도록 해야지

상처를 남기지 마
잘 덮어주어야 해
표시 내지 말고

단정한 옷을 입혀야 해
이제 과감하게 떠나보내야 한다
오래 버틸 수 있도록

제2부

점심

점심시간

양 씨, 한 씨, 이 씨 서로 성은 달라도
청국장으로 구수한 점심을 먹으며
고봉밥에 듬뿍 담겨진 반찬들처럼
서로를 채워주고 지켜주던 날들 다독인다
달가닥거리는 젓가락 소리에
학업우수상 받은 아이들 자랑,
대학에 다니던 아들이 군대에 갔다는 소식,
땀 냄새 가득한 안부들 주고받으며
청국장에 두부 한 조각 푹 퍼서 먹으면
얼얼하게 입 안 가득 번지는 향
배고프던 마음 속으로 평화가 찾아온다
후딱 해치운 맛난 점심 뒤
잠시 오수를 즐기고 나면
다시 충전된 몸들 기지개 켠다

면장갑

한나절이나 하루를 쓰고 무심코 버려질 때마다 나는 무사한 날들을 꿈꾸었다

내가 잡았던 연장이나 자재들이 쉼 없이 일하는 동안 기름때에 얼룩진 저녁이 오면 검은 노을이 진다

무엇이 나를 사지로 내몰아대는가 닳고 해어져서가 아니다 스멀스멀 내 안쪽까지 파고들어 위협하는 분진이나 기름때에 방어선을 넘겨주었을 뿐이다

오른쪽과 왼쪽이 없다 정해진 것은 과거이고, 정해지지 않은 것은 미래다 날품 같은 사랑이 전부다

체크밸브*

문이 열리면 다시 돌아갈 수 없다 고향은 늘 아득하다

먼 길을 흘러오는 동안 그는 골목길과 대로 사이에서 방황했다

청춘은 돌아갈 수 없기에 아름다운 것, 과거는 추억으로 흐르고, 때가 되면 그리움으로 물결친다

선택된 길이란 살아갈 날들의 풍경을 그리는 일이다

살아남기 위해 바람의 방향과 물줄기를 꼭 그려야 한다

물과 공기의 사용량만큼 그가 화첩 속에 빛의 방향을 남기고 있다 돌아갈 수 없는 출발선을 그리고 있다

---

* 체크밸브(check valve) : 유체의 흐름이 역방향으로 일어날 때 닫혀 역류를 막는 밸브. 유체가 한쪽으로만 흐르도록 만든 장치.

윤활유

속병이 났다 잘못된 식습관으로
노폐물이 아주 많아졌다고 했다
여기저기 출혈도 보인다고 했다

원인은 무관심에 있었다
너의 소임을 크게 생각하지 않았다

하나둘 기능이 멈추고 난 뒤에야
나를 여기까지 끌고 온 노고가
바닥에 흘림체로 기록되어 있었다

힘차게 뛰던 심장 속, 화를 다스리던
구석구석 보살펴온 구릿빛 사랑
검게 타버린 후에야 겨우 알았다

미안하다 너를 알아보기까지
평생이 걸렸다

수혈을 받았다

윤활유 같은 사람들 보이기 시작했다

철

철들고 싶어 철들지 않는다
어찌어찌하다 보니 철든다
부모 속 썩이는 놈들도
나만 들면 철든다
찔리고 잘리고 부딪히고 깔리고 떨어지고
현장은 이렇게 가혹하다
철든 자들은 눈물이 많다
철들지 않은 자들이
정치를 한다 막장이다
철든 우리들 가슴에 대못 질을 한다
얄팍한 월급명세서의 뒤쪽에 숨어
세금을 거덜내는 놈들
도둑맞은 것처럼 부아가 난다
우리는 소주 한 잔의
안줏거리로나 씹어댈 뿐이다
가난에 떠밀리지 않기 위해
살찐 자의 등 뒤에서 철드는 나

쇠 냄새 밴 손이 철들지 않은 자에게
복음福音을 전하고 있다
철들었다고 철들면 좋겠다
철들지 않고 철들면 좋겠다

전기모터*

나는 본디 오랫동안 광야를 달리다가
제임스 와트에게 잡혀온 야생마다
회전운동이 주요 업무다
직선운동과 왕복운동은 알바를 하고

나는 회전하는 곳의 적재적소마다 투입되어
전기 음료를 마시며 지치지 않는 심장으로
공장을 돌리는 적토마다

지금 돌아가고 있는 공장들은
모두 내가 살아 있다는 증거다

---

* 전기모터, 전동기(electric motor) : 전기 에너지를 기계 에너지로 바꾸어 회전 운동을 일으켜 동력을 얻는 기계. 동력이나 일률의 단위로 마력(馬力,horsepower)을 사용한다. 동력의 단위는 18세기 후반 제임스 와트가 짐마차를 끄는 말이 단위시간에 할 수 있는 일을 측정해 정한 마력(HP)을 처음으로 사용했다. 현재는 와트(W), 킬로와트(kw)를 일반적으로 사용한다. 1HP는 0.75kw이다.

너무 적은 양의 음료를 마시거나
기계의 오류로 힘이 제압당하면
고혈압을 일으키며 쓰러지고 마는 나

작동되는 공구나 기계의 진동과 소음은
대지를 흔드는 말발굽 소리다

돌아가는 기계의 시작인 나는
전기료를 노임으로 받는 공장의 첫 노동자이자
국가가 파견한 근로자다

베어링을 갈며

축의 중심을 잡는 일이나
안아주고 지탱해주는 하우징처럼
사랑의 시작은 뭉클하다

틈새가 벌어지는 일
둥글게 부대끼며 사는 동안
닳아진 볼처럼
사랑도 나이를 먹는다

속이 거북해진 날들이 더해가며
토해내었던 각혈처럼
사랑도 아플 때가 있다

축에 베어링을 맞추고
하우징을 조립한다
이 몸살 같은 사랑을
다시 시작해야겠다

커넥팅로드*

서로 오해가 있었다
회전과 직선의 차이만큼 큰 오해였다
좁혀지지 않는 오해를
조금씩 양보하라고 했다

둥글게 살아가는 그와
올곧게 살아가는 그 사이
줏대 없는 나는
곧은 마음을 둥글게 살자고 했다

변화는 늘 그랬다
마음 닿는 곳까지만 오라고 했다
잡아준 손, 부끄럽지 않도록
서로에게 없는 것을 채워주려고 했다

---

* 커넥팅 로드(Connecting Rod) 또는 연결봉(連結棒)은 직선운동을 회전운동으로 또는 그 반대운동으로 바꿔주는 부품인데, 피스톤과 크랭크축을 연결하는 엔진부품이 있다.

다른 셋이 하나가 되었다

더불어 사는 세상이다

도비*공

중량물을 옮기는 날 도비공은 슈퍼맨이다
그는 힘으로 일하지 않는다
눈빛으로 전달하고 손으로 말한다
요령과 노하우로 똘똘 뭉친 용병이다

중량물은 슬로모션으로 움직인다
견고하고 확고하게 옮겨야 한다
섬세하고 빈틈없이 놓여야 한다
그는 늘 앞뒤, 좌우의 수평
정확하게 맞추며 중도를 취하는 사람이다
왼쪽으로, 조금만 더 왼쪽으로,
기계를 세팅할 때마다
늘 오른쪽으로 치우쳐져 있는 하루
지렛대를 잡는다

---

* 도비 : 중량물을 옮기거나 설치하는 일. 특수기계나 산업기계를, 무겁고 큰 장비들을 전문장비를 이용해 해체하고 설치하는 도비업체들이 있으며, 그 일을 하는 전문가를 도비공이라 한다.

도비공에게 '빨리빨리'는 가장 치명적인 말이다
결코 사용해서는 안 된다 아예
'기우뚱'이라는 말은 도비공의 사전에 없다

수나사 암나사

궁합이 잘 맞는 우리
힘껏 끌어안을 때마다

벌어진 사이
단단히, 흔들림 없이

다하는 날까지
우리 사이
풀리는 날이 없기를

안전화

내가 누구와 살고 있는 거지
아침이면 내 품을 비집고 들어와
이리저리 험한 곳 쏘다니며
날선 모서리에 차이고
뾰쪽한 돌멩이에 부딪히면서도
그는 내게 도무지 관심이 없다
섭섭한 마음 남기고 떠나면서도
이별이라는 말 하지 않는다
아침마다 보송한 마음 전해주려는
치밀한 나의 경호는
밤새 충전된 전력량을 유지하도록
부르튼 발 방전되지 않도록
땀 냄새 폴폴 나는 그가
어둠 속 출구를 불쑥 빠져나갈 때까지
나의 임무는 밀착 엄호
그가 내 몸에 남긴 상처는
보푸라기로 일어서는 희망이다

작업복

보람찬 하루를 입는다
더러워지는 일 늘 하루치의 일당보다 많은 작업량을 마치고 자랑처럼 먼지를 턴다

툴툴거려도 떨어지지 않는 흙이나 먼지, 기름때는 적이 아니라 상생해야 할 동지……, 내 존재 이유다

패전의 귀환은 없다
내 안과 밖의 경계선에서 하루의 교전은 늘 신성하다
그런 날이면 저녁은 청국장 하나로 푸짐했고 막 오븐에 구워져 나온 빵처럼 행복했다

희망찬 하루를 벗는다
빨아도 잘 지워지지 않는 날이 있다 경계선을 넘은 첫 경험의 작업은 항상 훈장처럼 얼룩이 진다
빽적지근한 저녁이다

전화기

오늘도 기다리는 발주는 내려지지 않고
가뭄에 타버린 목마름으로 견적을 내다가
피지도 못하고 말라버린 꽃들을 생각한다

날선 벨소리에 꽃들이 피었다가 지는 사무실, 창립 이후 처음부터 하나였던 네 이름이 누군가에 의해 기록된 날부터 늘 그 자리에 앉아 따르릉 기다리고 있는 소식 전해주면 작은 부품 주문에도 무지개가 피고 우리는 무더위처럼 일한다

발주처의 경쾌한 호출을 기다리는 오후
땀 냄새 나는 기름때 묻은 작업복 거름 삼아
견적서에 핀 꽃 한 송이 환하다

카달로그

한 눈에 쏙 들어왔다
의식하지 않았으나 그의 깔끔한 용모에 검소함이 배어 있었다
단번에 반했다

한 눈에 감이 잡혔다
굳이 바라지 않았으나 그가 구현하고자 하는 마음이 진보해 좋았다
단번에 의도를 알았다

한 눈에 파악할 수 있었다
상세히 보려 하지 않았으나 그가 정리하고 다듬어 놓은 정원이 그를 대변하고 있었다
단번에 정체가 드러났다

밥집

공장 빼곡한 공단 밥집

점심은 요일마다

주 메뉴가 다른 백반이 전부다

한 끼 오천 원에

밥과 반찬은 무한리필이다

삼복 날이면

닭백숙 반 마리씩 더 주고

그동안 먹어준 고마움에

백반 값 오천 원을 받는다

누룽지 숭늉으로

친절을 대신하는

주방아줌마에게

언제부터였던가

사람들 작업복 털고 밥집에 들어서며

엄마, 나왔어, 밥 줘, 하는

엉뚱한 아들들

생기기 시작했다

여기저기 넉살스러운 아들들 많아

행복한 밥집,

요즘 들어서는 모두들

엄마가 만들어준 집밥을 먹는다

제3부

출장

출장

먼 길이 가까운 것은 휘파람을 동반하기 때문이다

생각이나 지식은 납작 엎드린 대지의 잡초나 오래 묵은 간장 같아야 한다

현장 경험을 바탕으로 할 때 활짝 핀 들꽃과 흰 구름이 파란 하늘에 맞닿은 동산을 그릴 수 있는 것이다

기술적 사양은 동산에 뛰어노는 노루이거나 나비이거나 꿀벌이다

콧노래는 늘 행복한 자가 풍기는 향기다

돌아오는 빈손에서는 마른 나뭇잎 냄새가 난다

저울

내게 수많은 기록을 남기고 떠난 가벼움과 무거움은 빚의 무게다

발걸음의 무게를 상세히 기록하지는 않지만 철들 무렵부터 가난은 내려놓아야 할 곳을 찾지 못한 채 나를 따라다닌다

이상하게도 어둠의 무게는 고요하다 가령 시루 속에서 콩나물이 자라듯

아우성치는 빛의 무게는 가벼움이 무거움이 되기까지 속삭임으로 기록된다 과수원 사과가 소리 소문 없이 자라듯이

고단한 하루의 무게는 그리 무겁지 않다 기력을 다해 흔들던 오늘 아득한 것들이 가까워지고 있다

사다리

오르는 일은 늘 불안했다 떨어지거나 내려갈 일만 남았기 때문이다

사다리 위에 햇살이 놓여 있었다 햇살을 따내는 일이 쉽지만은 않았다 햇살은 시간의 경계선에서 조각으로 나누어진 일당의 무게를 갖고 있었다 조각을 따낼 때마다 그의 집에는 봄볕이 들었다

내려가는 일은 더 불안했다 그 자리에 주저앉을 수도 있었기 때문이다

사다리 밑에는 어둠이 깔려 있었다 어둠을 걷어내는 일이 쉽지만은 않았다 어둠은 시간의 경계를 넘은 수당의 무게를 가지고 있었다 어둠을 걷어 올릴 때마다 그의 집에 빛이 쏟아졌다

망치

어이없게도 그들은 연약한 것에
치명타를 가했다
늘 원하는 결과를 얻었다
일을 망치지는 않았지만
그들은 때리거나 부수거나
두들기는 일을 했다

어이없게도 우리는
두꺼비 같은 얼굴로
열심히 일만 했다
원하는 결과를 얻은 것은 아니지만
일을 망치지는 않았다
우리는 맞추거나 나누거나
펴는 일을 했다

쓰는 힘만큼
힘이 부딪치는 날마다

뭉그러진 얼굴은

주름이 깊다 견디다 보면

언젠가는 이기는 법이다

줄자

저기서 여기까지
처음부터 결정된 것은 아니었다
어쩌다 여기까지 흘러왔는지 힘들었던 삶의 추억이 자꾸 나를 울렸다
공고를 졸업할 무렵 미래는 잴 수 없는 불안이었다
그렇게 팽개쳐진 날들은 독서처럼 조용했고, 내가 방관했던 세상은 너무도 빠르게 흘렀다
여기까지 기록할 역사가 너무 빈약하다
빼앗긴 자유와 희망의 눈금은 보이지 않았다
다시 시작하자

여기서 저기까지
알맞은 자리 저만치 안개의 강이 흐른다
꽃이 피었다가 지는 강둑을 따라 내 인생의 그래프는 자주 반복 주기를 갖는다
미래는 그렇게 먼 거리가 아니었다
내가 풀어놓았던 저기까지의 일들을 방관할 수 없다 꼼꼼

하게 눈금을 읽어야 한다

하루가 너무 빠르다

저기까지 기록할 이력은 짧지만 나는 전문가다

아름다운 추억의 거리를 재야겠다

파이프렌치*

한번 물면 잘 놓아주지 않는다
아프겠지만 새지 않아야 한다
나라 곳간이 새는 동안에도 조여야 한다

팔뚝에 근육이 붙는다

손에 익은 나를 내팽개쳐버리고 싶을 때
차마 그럴 수 없었던 너를 안다
"분노와 억울함은 내가 물어버릴게
너는 사랑과 희망을 조여"
왼쪽으로 풀어지는 날보다
오른쪽으로 조여지는 날이 많다
오랫동안 헝클어진 문장을 풀어내지 못한 나는
새고 있는 배관이 조여지지 않는 꿈을
아직도 꾸고 있다

---

* 파이프렌치(pipe wrench) : 관을 설치할 때 관에 물려 관의 나사를 돌리는 공구. 주로 파이프 배관작업에 사용한다.

쉽게 풀어지고 쉽게 조여져야 한다
자주 겉도는 나를 본다
이 악물고 살아야 한다

드라이버

손잡이가 달린 철 막대가 전부다
참 보잘것없고 소박하다
십자나 일자 더하거나 빼는 일
이미 정해진 길이지만
늘 무언가에 쫓기며 살아온 것처럼
일의 끝머리에서
마지막 부품을 조이거나 커버를 덮으며
다시는 나사 풀리는 날이 오지 않기를
흔들리는 날이 오지 않기를 바란다
필요한 곳에서 나는
큰 힘을 내려는 것이 아니라
큰일을 해내고 싶은 것이다
각기 다른 부품이나 기능이
하나의 목적을 위해 만들어지는
그곳에 동참을 하고 싶은 것이다
기계문명의 기초였던 나는
지금도 소리 없이 일하고 있다

격렬하거나 창조적이지는 못하지만
꾸준히 풀고 조이던 날들
어느새 멋진 가계家計를 만들어 놓았다

수평자

노란 수평자 속에는 물귀신이 산다 요리조리 공기방울을 갖고 논다 공기방울 하나로 바르게 건물을 세우고 창문을 단다

피사의 사탑은 시야를 불안하게 한다 늘 기울어져 있는 것이 반듯하다 그렇게 믿어야 한다 기울어지지 않게 바르게 세우는 일로 수직과 수평을 이루는 지구의 중심은 뜨겁다 지각이 불안하면 분출한다

바로 서지 않은 세상을 본다 기울어지듯 살아야 어울려 살 수 있다 반듯한 구조물을 만들 때마다 기울어진 나를 본다 바로 선 자들이 바로 서지 않는 세상을 만든다 물귀신은 무엇 하나

연장

절단기, 용접기, 망치, 바이스플라이어, 드릴, 스패너, 그라인더……

해결할 놈들 손볼 때는 절단 내고, 지지고, 때리고, 물고, 파고, 조이고, 갈아버리고……

할 일을 하다 보면 나누고, 붙이고, 맞추고, 잡아주고, 뚫고, 연결하고, 다듬고……

가위

인연을 끊었더니 그가 궁금했다
담배를 끊었더니 담배가 생각났다
상처를 오려냈더니 자국이 남았다

얼마나 더 오려내야 참 세상이 올까
오래 버려두었던 권력이 짐승을 키웠다
스스로 상처를 잘라내는 일로
덧날까 두려워 망설이던 날들이 갔다

싹둑, 하고 나뭇가지를 잘랐더니
잘리지 않은 가지가 떨고 있었다

터질까 매놓은 끈을 잘랐더니
사상과 철학이 거짓으로 쏟아졌다
주워 담을 참이 비틀거렸다

다칠까 쳐놓은 울타리를 끊었다

머시닝센터*

너는 머리를 써 나는 힘을 쓸게
너는 이차원을 그리지만 나는 삼차원을 만든다
데이터로 기록된 너의 사상이
공구의 경로를 확인하고 보정하는 일은
서로에게 좀 더 믿음을 주기 위한 거지
너는 마음을 주지만 나는 사랑을 줄게
그리워한 것은 늘 너이기에
필요한 공차의 범위 안에서
간혹 사랑의 열병을 앓고는 하지
내게 장착된 기능들이 서로 맞물려
소재를 가공하는 일이란
추억, 그리움, 사랑, 섹스, 슬픔, 분노, 기쁨 같은
형상들을 만들어내는 것이다
모든 것이 너에게 달려 있는 나는

---

* 머시닝센터(machining center) : 새로운 가공 면에 대응해 필요한 공구를 차례로 자동으로 교환하며 여러 가지 작업을 한 대의 기계로 하는 공작기계.

너의 작은 흔들림에조차

자주 몸살을 앓고는 하지

너는 생각을 해 나는 실천을 할게

너는 삼차원을 압축하지만 나는 이차원을 해독한다

해독된 너의 사상이 흔들리지 않도록

나는 늘 너에게 맹목적이다

공구함

우리 집에는 성격과 직업이 다양한 이들이 모여 살지 웬만한 기계의 점검이나 수리는 물론 조립이나 분해가 가능한 이들로 여러 국적의 이름들을 가지고 있지 아래층에는 좀 덩치가 있는 망치, 터미널압착기, 몽키, 파이프렌치, 수평자 등이 위층에는 스패너, 줄자, 렌치, 니퍼, 펜치, 드라이버, 가위 등이 싸우는 법 없이 달가닥거리며 잘 살아

이들은 단순한 능력의 소유자지만 성실, 근면하게 가족들을 부양하고 있지 역사적으로 가장 오래된 망치 족만 보더라도 두들기는 기능 하나만으로 쇠망치, 동망치, 고무망치, 프라스틱망치 등 다양한 가문으로 번성하여 가장 크게 번창한 쇠망치 가문은 오함마, 돌망치, 용접망치, 검사망치, 빠루망치 등이 일가를 이루고 있어

우리 집에는 맛은 없지만 현장에서 간혹 소비하는 비상식량으로 전기터미널, 테이프, 볼트, 타이어밴드 등 엄선된 재료를 비축해 놓고 있지 볼품은 없지만 상하지 않는, 나름 영

양가가 높은 기능성 재료로 다듬을 필요가 없이 사용이 가능해

나는 기능을 갖는 대신 보금자리가 되기로 했어 용광로에 뿌리를 두고 있는 보잘것없는 기능들도 실은 큰일을 해내지 우리 집에는 불안하게 돌아가는 저 커다란 시스템 속의 느슨해진 볼트를 조이고 마모된 부품을 교환하는 힘들이 살고 있어

공기압축기*

"압력 좀 넣어야겠어"

타이어가 알맞은 공기압을 갖고 있는 것처럼 우리가 사는 세상도 알맞은 힘의 균형을 이루고 있다는 생각,

참 어리석은 것이다

압력을 넣을 때마다

공정하지 못한 혜택을 누리는 권력을 탓하면서도 나 또한 세상에 많은 압력을 넣으며 살고 있구나, 누군가에게 아물지 않은 상처를 남긴다는 생각,

하지 못했다

탱크에 저장된 압력으로

신발의 먼지를 터는 일이나 공장의 공압 기기들을 제어하는 일처럼 이제는 누구 한 사람이 아닌 우리 모두에게,

꼭 필요한 압력을 넣어야겠다

---

* 공기압축기(air compressor) : 공기를 대기압 이상의 압력으로 압축해 고압공기를 만드는 기계로 압축된 공기로 각종 에어공구, 에어실린더 등을 작동시키는 일에 사용한다.

트럭

내가 움직이는 날이면
뭔가 일이 일어난다
나는 거칠지만 순정파이며
잔소리가 많지만 매력 덩어리다
말처럼 빠르게 일하고
황소처럼 끈질기게 일하는 나는
가을산은 좋아하고
겨울눈은 싫어한다
첫눈이 제일 무서운데
그것은 사랑 때문이다
사랑이 뭐 별 것인가
흔들리지 않게 꽁꽁 동여매고
뽕짝을 들으며 떠나면 된다
잔병치레를 자주 하지만
회복력이 빠른 나는 늘 씩씩하다
내게 노동이란 무거운 짐들이
탈 없이 산을 넘고

들을 지나는 것이다
꽃으로 활짝 피고
단풍으로 붉게 물들어
나를 기다리고 있을 아내를 위해
콧노래를 부르는 것이다

스패너

스패너는 힘이 세다 생긴 것하고 다르게 쓰는 힘이 남다르다 잘난 척 힘센 척 안 하며 모든 인연의 벌어진 사이를 좁히고 응어리를 풀어낸다 볼트와 너트를 위한 임무를 맡고 있지만 저 자신이 이루어낸 일에 놀라 입을 다물지 못한다

졸음쉼터에서

납품 갔다 돌아오는 길에 황천 갈 뻔했다 들국화 하얗게 핀 언덕을 지나며 귀를 비틀었다 뭉게구름 떠 있는 푸른 하늘을 보며 따귀를 몇 대 때렸다 악을 쓰며 오디오에서 쏟아지는 조용필의 '모나리자'를 따라 불렀다 무거운 눈꺼풀이 빨리 가자고 보챘다 정신을 차리자고 다짐을 해도 자꾸만 정신이 줄을 놓았다

깜박 눈을 떴다 지옥인지 천국인지 몰랐다 트럭이 멈춰 있었다 휴, 다행이었다

제4부

퇴근

퇴근

일을 마감하는 시간, 공장은
고요가 분주히 자리를 잡는다

어스름 밟히는 길 따라
축 처진 어깻죽지……
희망이 너무 무겁다고
가벼운 지갑 속, 복권 한 장으로
두둑한 희망 채워본다

아내의 살가운 말들이
나물반찬으로 무쳐지는 저녁
일과 사랑을 반복하는 동안
주름진 손과 흰 머리카락은
오늘도 청춘을 묻는다

못의 말들

못 박아 놓았던 다짐은
사무실 벽에 걸린 월중행사계획표에 기록된 일이거나 오늘의 일을 내일로 미루지 말자던 근면한 달력
삼일 동안 단단히 매놓은 망설임이 자꾸만 흔들리는 저녁, 마무리되어야 할 일들이 땅거미로 내려와 담배 한대씩 태우고 있다

약속은 서로 못질까지 해가며
지켜온 비밀이거나 어제나 오늘 서류에 찍은 도장
아니, 깨지기 위해 결성한 못난 자들의 동맹
약속이 넘치자 신뢰가 무너져버린다

가슴에 못질을 하면 상처가 된다
못에 찔린 부스럼을 살피다 보면 용서는 고름을 닮는다 내상은 잘 치유되지 않는 쓰라림, 십자가의 못은 고통이었을까 구원이었을까

잠시 망치질을 멈추고 못이 이루는 말들 속으로 들어가
못난 고백을 한다 정말 몰랐다 나를 사랑하는 방법을

용접 아다리*

후회막심하네요 용접면을 잘 쓰고 할 것을, 자외선을 무시했어요 무엇이든 무시하면 안 되는데

모래 한 주먹이 눈에 들어갔죠 따끔따끔 눈물이 쏟아져요 베갯속으로 스며든 눈물, 잠들어야 잊을 수 있어요

튼튼한 철골 구조물이 세워지면 꿈이 이루어지는 듯했어요 내 것인 양 말이죠 저 건물 내가 세운 거다 용접만 했는데도 다 내가 한 듯 자랑을 했죠

눈이 불을 쏟아내는 것 같아요 얼음을 준비해야 해요 당신에게 불을 뿜을 수는 없잖아요

홀더에 장전된 용접봉은 목적어와 동사를 붙여 불꽃같은 문장을 만들었죠 제대로 눈을 뜨려고요

---

* 광각막염(光角膜炎, photokeratitis)

고철장

이곳은 지상의 고통을 정리하는 곳, 지옥이 가까운 연옥 어디쯤이다

쓸모없는 것투성이인 폐허, 용수철이 잘 발달한 저울이 지배하는 옛 성, 버려진 이름들이 아우성을 치며 고철을 낳는 곳이다

한번 들어서면 서툴게, 무뚝뚝하게, 서늘하게 친밀해지는 음울한 계절에 둘러싸이는 곳이다

이곳은 자신의 거처를 떠나온 것들이 비로소 새로운 꿈을 꾸기 시작하는 나라다

가계부

수입과 지출을 관장하는 가계부의 안 텃밭에는 적금이 더디게 자라고 있다

마트의 고등어나 갈치, 소고기는 비용을 자주 기록에 남기지 않지만 손님이 오거나 가족이 다 모이는 날이면 가끔씩 주방에 등장한다

주방으로 나들이가 잦은 된장, 고추장, 간장은 가계부 내 기록물에서는 찾아보기 힘든 노장들로 텃밭과 마트의 분쟁을 조정하고 있다

학원비는 꼬박꼬박 그 살집을 늘리고, 텃밭 새싹들을 위한 성장 과정은 파릇파릇 기록되어 훗날을 도모하고 있다

해장

복어국을 먹으며 중독된 혀와, 안면의 근육을 움직여본다
어제의 문장은 이미 쓰린 속을 움켜잡고 있다

테트로도톡신에 중독된 문장은 치사율이 매우 높은 단어
들로 구성되어 있다 어떤 이는 그 문장을 읽다가 혀가 굳고
안면이 마비되는 기쁨을 맛본다

문장이 파도에 흔들리는 날에는 술병이 쓰러지지 않는다
얄밉고 앙증맞은 언어들의 문장은 늘 복어를 닮는다

시원하고 맑은 복어지리국에는 독설이 난무한 자들이 거
친 호흡을 내뱉고 있다 상처는 늘 가까운 이에게 주고받는다

늦은 저녁

작업을 마치고 씻을 때의 개운함은 얼마나 행복한가
오늘도 어느 공장의 배관 공사를 마무리하며
파이프를 자르고, 나사를 내고
티를 연결해 나누고, 엘보를 연결해 방향을 틀었다
이제껏 나는 누구와 무엇을 나누고, 내 고집을 꺾으며 살았나
분명하게 종결되는 참과 거짓이 없는 오늘
내 투명한 말들은 무슨 소용이 있을까
알맞은 길이가 아닌 정확한 길이로 잘라야 하는 우리의 마음을
보잘것없는 우리의 일이 얼마나 정밀한 수치를 요구하는가를
적당한 타협과 알맞은 것들이 요구되는 이 세상에서
우리 현장의 일이란 적당이가 얼마나 우유부단하고 위험한 일인지 모른다
별것 아닌 자재들이 단단하게 일어설 때마다
우리의 땀방울이 얼마나 정확한 진실을 만들어왔는가

지나간 인생을 후회하기에는

늦은 저녁이 맛난 하루다

은행

월급은 늘 쥐꼬리로 받는다
그 꼬리를 토막 내서
한 달을 견디다 보면
노랑 은행잎이 와르르 떨어지는
가을 추석이 지나고
은행을 털자는 모임이 있었다
김치찌개 얼큰한 얼굴로
연장은 당구 큐대를 가져가기로 했다

눈이 펑펑 쏟아지는 겨울이,
설이 지나고도 우리는
은행을 털지 못했다
동태찌개 보글보글한 얼굴로
은행에도 돈이 없다는 소식을 들었다
당구장에 큐대를 꽂았다

가족들은 안심을 했다

내가 은행을 털지 않아도

은행을 터는 사람들이 있다

밑동까지 잘라버리는

호랑말코 같은 놈들이다

결국은 우리가 털렸다

문자 메시지

알리려는 자들이
창문 안으로 숨어들어와 진을 친다

조직적인 기호들로 무장한 병사들과
쉽게 끝나지 않을 전투를 벌인다

삭제라는 이름의 보검 한 자루가 전부인 나는
이 전쟁터 떠나지 못한다

감기몸살

용접똥을 털던 망치를 내려놓는다
정작 떼어낼 것은 용접똥이 아니라
나와 싸우고 있는 바이러스들이다

개도 걸리지 않는다는 여름 감기
위로보다는 핀잔이 먼저인 아내
나를 위로해 줄 사람 아무도 없다

용접부를 다듬던 그라인더를 내려놓는다
튀는 불꽃으로 갈려 나간 응어리
다듬어진 철판 위 내 사상만 남는다

바이러스들 혁명처럼 일어나는 오후
기침을 할 때마다 뱃가죽이 아프다
감춰져 있던 상처들이 개혁을 준비한다

야유회

꽃잎 흐드러지게 핀 봄을 만지작거리기로 했다
일상에 지친 꽃잎들 바람에 다 날려버리고
봄나들이 떠나는 들뜬 마음, 벌써 콧바람이 들었다
서로에게 힘이 되려고 봄을 추수하러 떠나는 야유회
이런저런 일로 상처 주고 보듬고 한 날들
어차피 놀고먹자고 하는 일
무언가에 쫓기듯 살아온 성실했던 하루에 부끄럽지 않기
위해
늘 바라보던 컴퓨터나 장부, 공장을 뒤로하고
눈과 입을 호강시키기 위해 봄나들이 떠난다

멀리 남해로 떠나는 봄 자락마다 웃음꽃이 핀다
통영 꿀빵의 진한 달달함에 젖어 미륵봉에서 바라본 한산
대첩 저 섬들 사이 이순신 장군의 깊은 시름을 듣는다
옥포대첩 넓은 바다에 혼자는 뽑을 수 없는 큰 칼을 옆에
차고
거제 외포항 바다를 열어젖히고 나온 봄철 멸치 회를 안
주해

넉넉한 하루를 마시고 올라오는 길, 여행이나 일이나 고단함은 마찬가지다

오늘 하루 카메라로 쓴 업무일지마다 추수한 봄을 가득 쌓아놓았다

월급

긴 노동이 함축된 언어
몇몇 숫자만 남기고
인터넷을 타고 사라져버리는
귀신, 손톱에 낀 때
아니, 쥐꼬리

주인이 권한 행사를 못하는
명세서만 남기고
날아가 버리는
나를 찾아주세요

호미

1

김 사장은 호미 하나로 공장 담 옆으로 텃밭을 제법 잘 일구었다

새싹이 나고 잎이 자랄 때쯤 그의 공장도 호박덩굴의 꽃잎이 담장을 타고 넘듯 눈부신 발전을 했다

호미 하나로 공장을 일으켜 세우다니

그의 텃밭에서 나오는 채소는 새콤한 땀 냄새가 났다

2

그해 꽃무늬 몸빼 바지를 입은 어머니는 머리에 수건을 두른 채 도라지 밭에서 자라는 잡초들을 뽑아내고는 했다

하루의 긴 밭일을 마치는 저녁이면 어머니는 밥상에 수제비를 풀어놓았다

먹을 수 있을 때 많이 먹어 두어라

나는 어머니가 뽑아놓은 잡초들이 궁금했다

힘들 걸 각오해야 힘든 줄 모른다

하루 내내 어머니의 등골을 뽑아내던 호미, 어둠이 가빴

던 숨을 고르는 늦은 밤이면 우리는 한 뼘씩 자랐다

지게차의 기도

내가 내려놓은 기계의 무게가
마른기침 내지 말고 군소리 없이 잘 돌아가기를

내가 올려놓은 자재의 높이가
헛기침으로 인기척 하듯 안전하기를

내가 옮겨놓은 제품의 양이
곶감 빼먹듯 하지 말고 일시불로 결제되는 매출이기를

내가 오늘까지 작업한 거리가
덜커덕거리지 않고 순탄하기를

해설 · 시인의 말

삶과 시詩의 원리

권덕하(시인)

1

드라이버를 만져본다. 이사 다닐 때마다 드라이버를 얼마나 많이 사용했던가. 평상시는 거들떠보지도 않다가 옥빈 시인의 시를 읽으며 드라이버를 어루만지며 풀고 조였던 사물들의 몸을 기억한다. 최근에 책상 다리를 분리했다가 다시 결합했다. 드라이버 덕분에 흔들리지 않는 책상에 컴퓨터를 놓고 이 글을 쓰고 있는 것이다. 필요할 때 도구가 없어서 쩔쩔매던 일들이 되살아난다. 오래 전에「깡통따개가 없는 마을」이라는 구효서의 소설을 읽으며 공감했던 기억이 난다. 힘을 알맞은 크기와 형태로 바꿔 필요한 곳에 전달하는 여러 도구들 덕분에 우리 일상생활이 순조롭게 돌아간다. 도구를 사용하여 일을 잘 마쳤을 때 우리는 도구를 새삼스럽게 어루만져 볼 때가 있다. "필요한 곳에서 나는/큰 힘을 내려는 것이 아니라/큰일을 해내고 싶은 것이다"라고 시인은 드라이버의 존재를 밝힌다. 비록 드라이버가 '보잘것없고 소박'하고 '큰 힘'을 내지는 않지만, 적재적소에서 제 힘을 온전히 발휘하여 나사를 제대로 조일 때 '큰 일'을 해낼 수 있다는 것을 체득하고 있는 시적 진술에 공감하며 도구의 존재감과 힘과 아름다움을 새삼 느낀다.

손잡이가 달린 철 막대가 전부다
참 보잘것없고 소박하다
십자나 일자 더하거나 빼는 일
이미 정해진 길이지만
늘 무언가에 쫓기며 살아온 것처럼
일의 끝머리에서
마지막 부품을 조이거나 커버를 덮으며
다시는 나사 풀리는 날이 오지 않기를
흔들리는 날이 오지 않기를 바란다
필요한 곳에서 나는
큰 힘을 내려는 것이 아니라
큰일을 해내고 싶은 것이다
각기 다른 부품이나 기능이
하나의 목적을 위해 만들어지는
그곳에 동참을 하고 싶은 것이다
기계문명의 기초였던 나는
지금도 소리 없이 일하고 있다

격렬하거나 창조적이지는 못하지만
꾸준히 풀고 조이던 날들
어느새 멋진 가계家計를 만들어 놓았다

(「드라이버」, 전문)

옥빈의 시는 우리 생활에 긴요하지만 우리가 잊고 사는 존재자들과 사귄 내력을 밝힌 '교우록'이다. 기계와 인연이 깊은 옥빈 시인이 공구와 기계 장비와 부품에 주목하고 거기에서 그 원리와 쓰임새에 따라 의미를 발견할 때, 기계는 유의미한 본래성을 회복한다. 시를 통해 기계 부품 하나하나가 힘을 정확하게 전달하고 규칙적으로 실현하는 원리와 연결된 생활의 순리를 노래하며, 시인은 공구나 기계 장비나 부품들의 존재에서 생활을 지속가능하게 하는 힘을 드러낸다. 그러한 도구의 활동을 통해 물질적으로 현현하는 세계는 사뭇 구체적이고 선명하다. 시인은 공구와 기계장비와 기계 부품들과 따뜻한 대화를 나누며 세상살이의 원리와 살림살이의 이치를 함께 구현하고 맥락을 설정하는 일에 공감하고 서로를 긍정하며 고개를 끄덕인다.

시인은 오랫동안 사물과 사귀면서 소통한 결과 사물의 말을 자기 식으로 알아듣고 받아 적을 수 있게 되었다. 사물도 다른 존재자들처럼 자신을 표현하고 있는데, 시인은 이런 사물의 표현에 주목하여 그 표현의 의미를 알아채고 자신의 삶을 연결한다. 시는 이렇게 사물과 시인이 만나서 이루는 상호 표현적 관계의 결실이다. 존재자들이 소통하며 서로의 표현이 연결되며 그 쓰임새에 따라 시에 의미가 담긴다. 시인은 '안전화'나 '면장갑'의 처지가 되어 쓰임새로 표현하는 사물의 언어를 말한다. "한나절이나 하루를 쓰고 무심코 버려질 때마다 나는 무사한 날들을 꿈꾸었"고 "날품 같은 사랑이 전부"라고 면장갑의 말을 대언하거나, 그는 '못의 말들'까지 배워 "잠시 망치질을 멈추고 못이 이루는 말들 속으로 들어가" "나를 사랑하는 방법을" "정말 몰랐다"고 "못난 고백을 한다."

문이 열리면 다시 돌아갈 수 없다 고향은 늘 아득하다

먼 길을 흘러오는 동안 그는 골목길과 대로 사이에서 방황했다

청춘은 돌아갈 수 없기에 아름다운 것, 과거는 추억으로 흐르고, 때가 되면 그리움으로 물결친다

선택된 길이란 살아갈 날들의 풍경을 그리는 일이다

살아남기 위해 바람의 방향과 물줄기를 꼭 그려야 한다

물과 공기의 사용량만큼 그가 화첩 속에 빛의 방향을
남기고 있다 돌아갈 수 없는 출발선을 그리고 있다

(「체크밸브」, 전문)

시인은 시 '체크밸브'를 통해 삶의 이치를 말한다. 시인의 설명에 따르면 체크밸브(check valve)는 "유체의 흐름이 역방향으로 일어날 때 닫혀 역류를 막는 밸브. 유체가 한쪽으로만 흐르도록 만든 장치"다. 이러한 장치는 우리의 삶의 원리를 함축하고 있다. 역류를 막는 체크밸브는 돌이킬 수 없는 시간적 존재의 삶을 체현한다. 시간으로 구성된 우리가 매 순간을 살면서 지나간 순간을 물리적으로 돌이킬 수 없다는 실존의 현실을 시는 표현한다. "문이 열리면 다시 돌아갈 수 없다." 기억으로 밖에 돌이킬 수 없기에 그리움으로 물결치기도 하지만 살아갈 날들을 그리는 일에 소홀함이 없어야 한다. 한 번 결정하여 실행한 일을 되돌릴 수 없기에 선택은 신중해야 하고 삶은 "물과 공기의 사용량만큼" "화첩 속에 빛의 방향을 남기"는 그림을 그리는 일이다. 우리는 돌이킬 수 없기에 삶의 매 순간 "돌아갈 수 없는 출발선을" 그린다. 삶을 그리며 그리워하는 순간마다 우리의 의식과 무의식은 선택을 감행하는 것이다. 옥빈 시인은 이렇게, 기계설비의 과학적 원리를 통해 뜻 깊은 삶의 이치와 맥락을 드러낸다.

2

시는 언어의 꽃이다. 세파에 흔들리다 존재는 말의 꽃을 피운다. 그 말의 꽃이 사람 사이에 피어 있을 때 우리는 그것을 아름답게 느낀다. 시가 사람 사이를 흘러 서로 정을 나누고 회통하게 하는 소임을 다하고 열매를 맺을 때 우리는 그 열매라는 보편의 뜻을 거두면서 말이 품고 있는 씨앗의 존재를 실감하고, 시를 통해 체험을 전달하고 체험에 공감하고 뜻을 기르는 것 또한 삶의 원리임을 깨닫는다. 옥빈 시인은 우리 손의 연장인 공구와 기계를 다루는 일을 하며 일의 맛을 불리는 시를 써서 우리의 정서와 공감 능력을 함양하는 데 부지런하다. 그의 시를 통해 우리는 공구와 기계를 포함한 사물 또한, 우리 신체와 같은 연장延長의 양태이고 동일한 이치로 정서를 불러일으키는 존재라는 것을 거듭 확인할 수 있다. 옥빈 시인이 피운 언어의 꽃들은 사람과 사물의 생래적 관계를 회복하는 일에 충실한 것이다.

스피노자(Baruch de Spinoza)에 따르면 우리는 신체들이 만나서 결합하거나 해체하는 삶을 살아간다. 이때 신체들은 연장延長의 양태들을 가리키는데, 신체들이 양립할 수 있고 결합하여 신체의 역능이 증가하면 서로 좋은 관계를 유지하게 되고, 신체들이 양립할 수 없고 갈등하거나 서로를 파괴하여 역능이 감소하면 나쁜 관계가 되어 그 관계가 끊어진다. 두 신체가 만나 상호작용하며 서로를 풍요롭게 하거나 서로를 해치거나 하는데 이러한 관계에 따라 기쁨과 슬픔의 정서가 생겨난다. 신체의 조우에 따른 신체의 변용과 신체에 대한 관념에 따라 신체에 상응하는 것이 정신인 까닭에 신체적 타자와의 만남이 삶에 중요한 관건이 된다. 옥빈의 시는 이런 타자와 관계를 맺는 과정의 소산이다.

옥빈 시인에게 중요한 타자는 우선적으로 일터에서 상시적으로 만나는 기계이고 기계와 만나는 과정에서 관계를 유지하는 데 쓰이는 도구는 공구와 언어다. 시인은 자신이 기계와 만나 더 큰 능력을 갖거나 서로를 파괴하는 일들을 서사화하고 결합하거나 해체하는 관계들로 구성되는 삶에서 말미암는 슬픔과 기쁨의 정서를 서정적으로 표현한다. 따라서 옥빈 시에 있어서 서정적 표현의 질서는 신체적이거나 관념적인 타자와의 관계의 결합과 해체에서 비롯하는 것이다. 그의 시는 시인 자신과 기계가 구성하고 있는 상호주관적 현실의 질서에서 서로를 통해 주고 받는 변용들을 결정인자로 받아들인다. 그의 시에 등장하는 기계인 '문서파쇄기'는 시인이 쓴 문장, 곧 언어로 조립한 신체의 질서를 해체하는 일을 수행함으로써 슬픔과 아픔의 원인이 된다. 반면에 '머시닝센터'라는 공작기계는 서로 다른 특성으로 협력하여 여러 작업을 해나감으로써 서로를 신뢰하고 기쁨과 사랑의 존재로 인정하는 자리다.

너는 머리를 써 나는 힘을 쓸게
너는 이차원을 그리지만 나는 삼차원을 만든다
데이터로 기록된 너의 사상이
공구의 경로를 확인하고 보정하는 일은
서로에게 좀 더 믿음을 주기 위한 거지
너는 마음을 주지만 나는 사랑을 줄게
그리워한 것은 늘 너이기에
필요한 공차의 범위 안에서
간혹 사랑의 열병을 앓고는 하지
내게 장착된 기능들이 서로 맞물려
소재를 가공하는 일이란
추억, 그리움, 사랑, 섹스, 슬,픔 분노, 기쁨 같은
형상들을 만들어내는 것이다
모든 것이 너에게 달려 있는 나는
너의 작은 흔들림에조차
자주 몸살을 앓고는 하지
너는 생각을 해 나는 실천을 할게
너는 삼차원을 압축하지만 나는 이차원을 해독한다

해독된 너의 사상이 흔들리지 않도록
나는 늘 너에게 맹목적이다

(「머시닝센터」, 전문)

물건을 생산하는 일과 소비하는 일이 분리되고 도구와 장비를 직접 사용하여 일하는 경우가 적어지면서 사물들과의 교감 능력 또한 쇠퇴하는 것이 아닌가 싶다. '문방사우文房四友'라는 말도 경험하기 힘든 마당에 부러진 바늘을 애도하는 '조침문弔針文'과 같은 글을 이제 볼 수 없다. 물건이 흔해지면서 공구와 장비와 기계부품에 대한 각별한 감정을 느끼는 일이 드물어지고 있다.

사물과의 관계가 인간관계도 영향을 준다. 자신이 늘 사용하는 물건에 대해 관심이 없고, 심지어 함께 일하는 동료까지도 물건 대하듯 하며 살아가는 것이 아닌가 싶다. 필요할 때 쓰고 불필요하다고 여기면 버리는 일회성 소비성향이 보편화되면서 사물뿐 아니라 서비스 산업 부문에서 일하는 사람들과의 관계에서도 일회용 물품 대하듯 하는 태도를 심심찮게 목격할 수 있다. 사물을 도구화하면서 사물에 대해 취하는 태도가 존재 일반에 확산되면서 모든 존재자를 대하는 태도 역시 변하고 있다. 언제나 더 나은 물건으로 교체 가능한 세상에서 물건뿐 아니라 인간도 유통기

한이 있는 것처럼 여겨지기도 한다. 일상생활에서 우리가 접하고 만나는 사물과 사람에 대해 무관심해져 버렸다.

사물과 사람을 대하는 태도의 차이를 분간할 수 없는 세상에서 옥빈 시인은 존재자에 대해 깊은 관심을 갖고 사물의 본래성을 회복하고 사물과의 관계를 천천히 되짚고 그 의미를 되새긴다. 그의 시는 사물과 인간 사이의 본원적 협력관계를 회복하는 과정을 보여준다. 함께하는 사물들의 존재를 하나하나 드러내면서 표현의 의미를 찾고 새기는 시인은 사람을 포함한 여느 존재자들을 대하는 우리의 태도를 조명하고 있는 것이다.

옥빈 시인은 기계와 만날 때 기계를 신체 중 하나로 여긴다. 시인은 기계에 무관심하거나 기계와 함께하는 현실을 외면하지 않는다. 시인은 인간과 기계가 만나 양립하고 새로운 신체를 합성해낼 수 있는 역능을 실감하고 있다. 사실 인간의 손발을 연장하여 효율적이고 경제적으로 목적에 맞게 사용하는 것이 공구며 기계장비가 아닌가. 인간에게 다양한 이익을 창출하고 살아가기에 편한 환경을 만드는 것이 기계 아닌가. 기계를 정비하고 관리하는 일이 생계를 해결할 뿐 아니라 가치 있는 일로 여기는 옥빈의 시는 우리가 추상화하거나 이미지화하여 갖게 된 기계에 대한, 근대적 기계론적 선견이나 편견을 뚫고 기계와 생활의 접점을 환기하며 우리의 아이디어를 구체적으로 체현한 기계의 존재를 표현하고 있는 것이다.

서로 오해가 있었다
회전과 직선의 차이만큼 큰 오해였다
좁혀지지 않는 오해를
조금씩 양보하라고 했다

둥글게 살아가는 그와
올곧게 살아가는 그 사이
줏대 없는 나는
곧은 마음을 둥글게 살자고 했다

변화는 늘 그랬다
마음 닿는 곳까지만 오라고 했다
잡아준 손, 부끄럽지 않도록
서로에게 없는 것을 채워주려고 했다

다른 셋이 하나가 되었다
더불어 사는 세상이다

(「커넥팅 로드」, 전문)

시인은 서로 인격과 취향이 다른 존재들이 더불어 사는 삶을 "커넥팅 로드"를 통해 실감나게 표현하고 있다. 시인이 만든 각주에 따르면 "커넥팅 로드(Connecting Rod)"는 "직선 운동을 회전운동으로 또는 그 반대 운동으로 바꿔주는 부품"이다. 알맞은 크기의 힘을 유용한 형태로 바꿔 필요한 곳에 정확하게 전달하여 원하는 운동을 얻는 기계가 실현하는 원리를 시인은 인간 사회의 원리로 받아들인다. 그는 옳고 그른 것을 변별하는 비판력을 내려놓고, 서로 다르기 때문에 서로 보완하고 협력할 수밖에 없는 인간 실존의 사회적 현실을 기계의 세계를 통해 제시하고 있는 것이다.

과학적 원리를 구현하고 있는 기계는 시인에게 삶의 구체적인 맥락에서 뜻 있는 예술적 비전을 확인할 수 있는 존재다. 기계의 존재는 사실 원리에 따라 작동하므로 우리가 합리적인 이성을 어떻게 운용할 것인가를, 나아가 어떻게 살 것인가를 보여준다. 삶이 고장 났을 때 기계를 정비하는 것과 크게 다를 바가 없다. 삶의 공학이 어떻게 작동하는지, 삶의 각 요소들이 부품처럼 어떤 기능을 하고 제 소임을 다하는지 파악하고 수리를 하기 위해 어떻게 해야 하는지를 고민하고 실행하는 것이 기계를 수리하는 것과 다를 바가 없다. 다만 우리가 그동안 기계가 영혼 없는 물질로 이루어져 있기에 '기계적'이라는 말을 비하하는 의미로 사용하면서 기계를 마치 빤히 아는 것처럼 무시해온 것이 사실이다. 기계적이란, 사실 "각 개별적 요소들이 겉으로만 연결되어 있고 의미의 내적 통일을 이루지 못한 것"을 일컫는다. 그런데 이런 기계에 대한 상념은 사실 부정적 단견에 불과하다. 기계가 과학적 원리에 따라 알맞은 크기의 힘을 정확하게 전달하여 원하는 운동을 얻듯이, 인간의 삶도 이런 특정한 원리를 따르고 있는데도 말이다.

축의 중심을 잡는 일이나
안아주고 지탱해주는 하우징처럼
사랑의 시작은 뭉클하다

틈새가 벌어지는 일
둥글게 부대끼며 사는 동안
닳아진 볼처럼
사랑도 나이를 먹는다

속이 거북해진 날들이 더해가며
토해내었던 각혈처럼
사랑도 아플 때가 있다

축에 베어링을 맞추고
하우징을 조립한다
이 몸살 같은 사랑을

다시 시작해야겠다

(「베어링을 갈며」, 전문)

시인이 기계 부품에서 의미를 발견하고 그것을 우리 삶의 원리와 연결하여 맥락을 설정한다. 우리는 사실을 해석하고 우리가 사실에 부여한 의미의 세계에서 살아간다. 우리는 외부로부터 주어진 의미를 수용하기도 하지만 스스로 발견한 의미를 더욱 소중하게 여긴다. 기계 부품을 삶을 은유하고 환유하는 존재자로 여길 때, 곧 기계와 일을 할 때 자신과 일을 분리하지 않고 일을 하면서 협력하는 존재자와 하나가 되는 일은 의미의 원천인 인간의 정신적 현실을 물질적으로 체험하고 공감하는 것이다. 이런 일체감은 다른 존재자와의 만남에서도 느낄 수 있을 정도로 확장되어 보편성을 띠고 승화된다. 기계도 사람의 마음에서 나온 것이기에 정신의 이미지를 구현한다는 것, 줄자와 망치와 스패너 같은 공구도 손발이 그러하듯 정신의 현현이라는 것, 기술의 세 가지 핵심 요소인 신뢰성, 보전성, 품질이 기계에서만 구현되는 것이 아니라 우리 삶에서도 체현되어야 할 바라는 것을 옥빈의 시를 통해 새삼 깨닫는다.

3

옥빈의 시는 볼트와 너트처럼 일과 잘 맞물려 있다. 일할 때 공구와 장비를 다루듯 시인은 언어를 써서 서정과 서사의 아귀를 잘 맞춰나간다. 도구와 기계와 사귐이 극진한 그의 시를 읽으면 일과 시가 자연스럽게 연결되어 서로 종요로운 관계를 유지하고 있는 것을 느낄 수 있다. 일상의 바깥에서 영감을 구하고 일과 예술이 유리되기 쉬운 세태와 달리, 그의 시는 공구와 장비를 쓰는 일과 시적 언어가 유기적으로 결합하여 함께하고 있다. 삶을 이루는 여러 요소들이 잘 어울려 내적으로 통일되고 원리에 따라 총체적으로 발현되는 옥빈의 시를 읽으면 일과 시가 하나로 맞물려 돌아가는 세계를 경험할 수 있는 것이다.

옥빈의 시를 읽을 때 로버트 피어시그의 소설『선禪과 모터사이클 관리술』이 떠오르기도 하고, 데이비드 맥컬레이가 쓰고, 그린 책『도구와 기계의 원리』를 읽는 것 같은 감흥을 느끼기도 한다. 도구와 기계의 원리와 시인의 감정과 마음의 이치가 잘 결합된 시가 일러 있는 삶을 증언한다. 노동 현장의 애환, 노동의 가치와 의미, 공구와 기계와 오래 사귄 이야기가 서정적으로 전개되는 그의 시집은 일과 명상이 함께하는 품격을 지닌다. 공구와 기계와의 인연과 거기에 담긴 뜻을 말하는 그의 목소리는 꾸밈없이 진솔하고 따뜻하다. 일머리가 밝게 드러나는 시는 수사와 의미가 겉돌지 않고 세상의 소란함 속에서도 평온을 잃지 않는다.

저기서 여기까지
처음부터 결정된 것은 아니었다
어쩌다 여기까지 흘러왔는지 힘들었던 삶의 추억이 자꾸 나를 울렸다
공고를 졸업할 무렵 미래는 잴 수 없는 불안이었다
그렇게 팽개쳐진 날들은 독서처럼 조용했고, 내가 방관했던 세상은 너무도 빠르게 흘렀다
여기까지 기록할 역사가 너무 빈약하다
빼앗긴 자유와 희망의 눈금은 보이지 않았다
다시 시작하자

여기서 저기까지
알맞은 자리 저만치 안개의 강이 흐른다
꽃이 피었다가 지는 강둑을 따라 내 인생의 그래프는 자주 반복 주기를 갖는다
미래는 그렇게 먼 거리가 아니었다
내가 풀어놓았던 저기까지의 일들을 방관할 수 없다 꼼꼼하게 눈금을 읽어야 한다
하루가 너무 빠르다
저기까지 기록할 이력은 짧지만 나는 전문가다

아름다운 추억의 거리를 재야겠다

(「줄자」, 전문)

시인은 자신의 삶을 반추하면서 숱한 일들이 이어져 '저기서 여기'에 이른 개인사적 현실이 곧 삶이라는 것을 깨닫는다. 그는 구체적인 개인이 겪은 단 한 번뿐인 순간의 현실을 서사적으로 구성하기보다는 우선 '줄자'를 써서 재봐야 할 추억으로 여긴다. "저기에서 여기까지"를 되새기면서 여기에 이른 내력을 되짚어 보고, 비록 "빼앗긴 자유와 희망의 눈금이 보이질" 않지만 자신을 다독이며 "꼼꼼하게 눈금을" 읽고 "다시 시작하자"는 시인의 마음가짐이 가슴을 울린다. "힘들었던 삶의 추억이 자꾸 나를 울렸"던 삶의 여백과 시의 행간에는 삶에 대한 책임감이 짙게 배어있다. 시인은 "오늘까지 작업한 거리"를 헤아리며 "덜커덕거리지 않고 순탄하기를"(「기계차의 기도」)기원한다. 옥빈의 시는 이렇게 마음의 갈피를 여미며 일에 책임을 다짐하고, 하는 일이 온전하게 돌아가기를 바라는 기도이며 염원이다. 시인은 생활에서 체험하고 이해한 것을 시로 쓰고, 시를 쓰며 깨달은 바를 생활로 실천한다.

옥빈의 시를 읽을 때 일과 직결된 시는 아름답고, 시와 직결된 일은 참되다는 것을 새삼 공감한다. 공구를 쓰고 장비를 다루고 여럿이 함께 일하며 느끼는 경험을 온전히 전달하며 뜻을 불리는 일에 부지런한 시인은 보이지 않는 마음의 움직임이 잇달아 이어져 여기에 이르는 정황을 몸으로 기억하고 거기에 이름을 붙인다. 공구와 기계장비를 다루고 도면을 보고 설비를 살피고 부품을 교환하는 일을 통해 삶의 기술과 원리를 그는 터득한다. 일하며 느끼는 감정과 생각이 땀방울처럼 맺힐 때 일에 깃든 의미를 시인은 되새긴다. 일을 통해 시인은 세계를 깊이 체험하고, 자신의 의지를 관철시켜 달성한 결과를 확인할 때 보람을 느끼고, 그렇게 체험한 바는 의미 있는 기억으로 몸에 깃든다는 것을 안다. 생생한 체험이 남긴 인상적인 기억들이 언어화되고 뜻을 불릴 때 삶의 원리와 의미를 체험하고 공감하는 일이 생기며 그런 정동과 의미의 맥락이 반복되면서 새로운 의미가 생성된다. 그렇게 일터에서 체득한 의미와 가치의 맥락에서 형성된 경험이 무의식과 연결되어 새로운 맥락을 창출하고 삶에 만족감을 높인다는 것을 시가 증명하고 있다.

옥빈의 시는 몸과 마음의 동선이 삶의 새로운 맥락을 형성하고 자신의 체험을 새롭게 인식하려고 하고 그런 과정을 시로 전달하여 느낌과 의미를 나누려고 한다. 체험적으로 깨달은 의미를 남들과 나누려는 욕망에서 말미암는 시는 공감과 창의적 소통을 지향함으로써 서로의 공감능력을 높이는 일에 기여한다. 공감능력은 인간의 생존에 결정적인 위력을 행사한다. 다른 사람이 경험한 바를 공감하는 능력을 통해 우리는 서로의 삶을 이해하고 공동체를 이루고 더불어 살아갈 수 있다. 우리가 속한 현실은 다양한 처지에 처한 사람들이 서로 다르게 겪은 역사적인 현실인 바 상호주관적인데, 이러한 현실을 교감하고 공감하여 삶의 원리를 이해하고, 보편적인 사실을 받아들인다.

옥빈 시인은 남들과 공감할 수 있는 자리인, 지금 여기로 자신의 체험을 부지런히 소환하려고 노력한다. 자신이 하는 일에 의미를 찾는 일을 통해 시인 자신이 먼저 무뎌진 자신의 감각과 감정을 회복한다. 시인은 자신의 감각과 감정에 예민해질 때 남들의 감각과 감정 상태를 있는 그대로 지지할 수 있는 공감능력을 온전히 발휘하여 남들이 은연중에 표현하는 심층의 의미까지 감지할 수 있다. 공감 업무에 충실한 옥빈 시인의 시를 통해 우리는 서로가 지닌 풍부한 무의식적 자원과 접속하고 새로운 삶의 맥락을 형성하여 뜻 깊은 삶의 원리를 함께 체험할 수 있는 것이다.

시인의 말

무엇인가를 쉼 없이 지향하다 보면 흔적이 남아 있으리라. 흔적이 사라지지 않는 것이라면 세상을 좀 더 아프게 바라보아야겠다. 그러다 보면 그 흔적 속에 내 체온이 담기리라.

심사가 뒤틀린 때가 많은 해가 있었다. 무엇인가 올바르지 못한 일들이 미래를 좀먹고 있다는 생각이 들었다. 안타깝게도 나의 소심함으로 이 현상에 말없이 동조하고 있다는 사실을 깨달았다. 참으로 부끄러웠다. 땀 흘린 노동이 내일의 희망이 된다고 믿었던 내가 흔들렸다.

한동안 나는 내 시작에 무관심했다. 상상력과 은유는 연결고리를 찾지 못한 채 방황했다. 많은 상처를 보듬지 못했으며 시간이 불안하게 흘러갔다. 그래도 다행이었던 것이 있었다. 내 일은 꾸준했으며 더불어 하는 노동은 행복했다.

시의 문장과 행간 사이에서 뻘뻘 땀을 흘렸던 지난여름 동안 소나기 같은 시 한 줄기를 제대로 쏟아내지 못했다.

촌철살인의 화법을 가졌던, 진보의 대중적 정치인을 주검으로 내몰았던 삶의 철학을 생각해 본다. 이 시대를 살아가면서 그에게 큰 빚을 졌다.

이번 시집 『업무일지』는 그동안 써왔던 노동현장의 공구나 장비들, 노동자들에 대한 몇몇 서정을 묶었다. 부족한 작품들을 시집으로 엮어준 실천문학사에 감사할 따름이다.

2019년 여름

옥빈